AF288394

Als ich 30 war, ging es darum: Was ist Qualität. Es gab viele Diskussionen. Heute denke ich es zu wissen und warum die Beantwortung so schwer war.

Wir Menschen sind gewohnt zu sagen: Das ist rot. Dann ist es rot und nichts anderes. Schwierig wird es, wenn eine Sache aber nicht nur von einem, sondern von zwei oder gar mehr Dingen abhängt.

Bei der Qualität ist es besonders schön schwierig. Sie ist nicht so einfach in Worte zu fassen, denn sie hängt immer ab von mindestens zwei Dingen.

Zum Ersten muß ich angeben, was ich habe. Zum Zweiten, was ich möchte. Ja und jetzt kann ich sagen, wie hoch in diesem Fall die Qualität ist. Sie ist der reziproke Abstand dieser beiden Angaben.

Liegen was ich habe und was ich möchte nah beieinander, also ein kleiner Abstand, so ist die Qualität hoch und umgekehrt.

Heute soll ich erklären, warum ich liebe. Wie viele Parameter hat die Liebe? Ich werde mich erklären, aber auf meine Weise.

Zografou

Johannes Rohen

Von Ratio nach Erotas

Oder:

Die fünf Inseln der Liebe

Die Abbildungen sind als Poster erhältlich unter
www.rohen-atelier.de

*Sie dokumentieren in der Arbeit des Autors
seinen maltechnischen Übergang von der
klassischen Malweise zur digitalen.*

Bibliographische Information der Deutschen Nationalbibliothek.
Die Deutsche Nationalbibliothek verzeichnet diese Publikation
in der Deutschen Nationalbibliographie;
detaillierte bibliografische Daten sind im Internet über
http://dnb.d-nb.de abrufbar.

Ungekürzte Ausgabe
Umschlaggestaltung, Abbildungen,
Satz und Layout

© 2008 Johannes Rohen
1. Auflage Atelierauflage Juni 2008
2. erweiterte Auflage Dezember 2008
3. Auflage April 2019

Herstellung und Verlag:
Books on Demand GmbH, Norderstedt

ISBN: 9 783837 081756

Inhalt

Zografou fragte:

"Was denkst Du, wie lange dauert es.

*Dazuliegen, in den Himmel zu schauen und zu warten
bis die Wolken so gezogen kommen,
wie unsere Inseln hier.*

*Dauert es unendlich lange
oder nur sehr lange?"*

Vorwort

Warum essen wir? Weil es schmeckt? Nein, deshalb ist es nicht. Der Sachverhalt liegt anders. Es schmeckt uns, weil dies die Methode ist, die unser Körper gefunden hat uns dahin zu bringen, dies zu tun.

Er braucht neben Wasser und Luft, Spurenelementen und Vitaminen, vor allem Eiweiß und Kohlenhydrat. An die Stelle von letzterem kann auch Fett treten.

Kohlenhydrat und Fett verbrennt er zu Energie. Mit ihr wird der Körper auf Betriebstemperatur gehalten. Damit werden die Muskeln bewegt und damit verbaut er das Eiweiß der Nahrung, in neue Zellen oder beim Reparieren von bereits bestehenden.

Es ist dies der einzig wahre Grund, warum wir essen. Alle Lebewesen machen es so. Dass das Essen schmeckt, dient nur dazu, dass wir auch das Richtige einlagern.

Warum lieben wir? Doch hoffentlich nicht auch aus so profanen Gründen! Dieses Buch will eine Antwort geben.

Der Verfasser

Kárpathos, die erste Insel

Geliebter dieses Sommers. Jetzt, da Du weg bist, steigt ein Unbehagen in mir auf, ob Du vielleicht der Geliebte meines Lebens warst. Ob ich will oder nicht, es war so wunderschön mit Dir. Ich glaube, es war überhaupt noch nie so schön. Und ich weiss durchaus, daß ich diejenige war, die diesen Handel mit Dir zur Bedingung gemacht hat. Ich dummes Ding habe Dich gebeten, daß Du mir versprichst, dass es, wenn der Sommer vorbei ist, aus ist mit uns beiden. Und dass du mich nicht suchen wirst und auch nicht fragst, wo ich hingehe. Warum hast Du nur ja gesagt?

In meiner ganzen Misere klammere ich mich jetzt an einen Satz von Dir. "Warum liebst Du mich?" hast Du gefragt. Mein Gott bin ich froh, um diese Frage. Dann ist es ja wohl angekommen, dass ich Dich liebe. Ich liege jeden Nachmittag unter unserer Tamariske, nur leider ohne Dich. Genau im gleichen Sand. "Nein, sogar im selben Sand!" höre ich Dich jetzt wieder sagen. Ob gleich oder selb´, immer noch ziehen sich die Blessuren von ihm über mein Hinterteil. Sie sind das Einzige, was mir von uns beiden geblieben ist. Ja, und meine Erinnerung. Ganz links am kleinen Felsen, dort, von wo aus Du immer versucht hast Anafi zu sehen, sind auch noch unsere Spuren im Sand.

Bevor die Herbststürme beginnen, will ich noch einmal meinen Weg über die Inseln machen und meine Arbeit beenden. Endeka (elf) Tage lang – endeka Inseln. Noch einmal so wie mit Dir, nur leider ohne Dich.

Inselreisen bringen wohl oder übel Wartezeiten mit sich. In diesen Stunden will ich für Dich aufschreiben, alles, was ich Dir nicht sagen wollte, weil die Zeit mit Dir zu kostbar war. Ich will Dir so, auf meine Weise, darlegen, warum ich denke, dass ich Dich liebe.

Kárpathos 17.00 Uhr

In den nächsten Tagen möchte ich Dir zunächst ein paar kleine Geschichten erzählen. Geschichten, die mir sehr am Herzen liegen. Darum:

Schlaf gut für heute ... .

P. S.: Während ich geschrieben habe, lag der Semmelhund neben mir. Er hat sicher Sehnsucht nach Dir. Ich werde nie vergessen, wie Du hier in der Bucht auf Kárpathos gesessen bist, mich gezeichnet hast und ER sich in Dein Ziegenkäsebrot verliebt hat. Wieso hast Du ihn eigentlich "Semmelhund" genannt? Wohl wegen seiner Farbe?

Kriti, die zweite Insel

Der Tag ist gut verlaufen. Ich habe Kriti wohlbehalten erreicht. Westlich des kalten Schildkrötenflusses sind schöne, gute Exemplare gestanden.

Jetzt sitze ich in unserem Lokal zwischen Meer und Flussmündung und überall brodeln die kleinen Quellen. Alles mit dem Himmel von Georgioúpoli über mir und was denkst Du, was ich gerade löffle?

Kannst Du Dich noch daran erinnern, wie wir auf Folégandros Nudelsuppe gegessen haben? Jeden Abend diese wundervolle Nudelsuppe mit großen, schweren Fettaugen!

So, dies war mein Stichwort: Fettaugen. Träufelt irgendjemand oder irgend etwas Fett in Wasser, entstehen Fettaugen. Jedesmal und schlagartig. Du meinst dies sei nichts Besonderes. Vielleicht – vielleicht aber auch nicht. Diese Fettaugen aber haben es in sich. Oder besser, ihre Begrenzung hat es in sich. Sie haben eine Haut. Diese entsteht schlagartig bei der Geburt eines Fettauges. Und solch eine Haut, das ist wau! Solch ein Ding ist bereits eine semipermeable Membran. Dies bedeutet, dass sie automatisch mehrere Dinge kann.

Zum Ersten kann sie Stoffe aussperren, so, dass diese nicht in das Fettauge gelangen können. Zum Zweiten kann sie andere Dinge durchlassen, so, dass diese passieren und sich sogar im Innenraum ansammeln können. Zum Dritten kann sie bestimmte Stoffe regelrecht in sich hineinpumpen und zum Vierten wieder andere Partikel genauso aktiv hinaus befördern. Und solch ein komplexes Gebilde ist schlagartig da, immer dann, wenn Fett in Wasser fällt.

Und die Wahrscheinlichkeit ist groß, dass es uns Lebewesen gar nicht geben würde, wenn dem nicht so wäre, denn unsere Körperzellen haben bis heute eine Membran mit genau solchen Eigenschaften. Hochkompliziert und -differenziert, eben semipermeabel, also teildurchlässig.

Kretischer Salbei 14.00 Uhr

Voilà, ich werde an Dich denken, wenn ich einschlafe und auch, wenn ich die nächste Suppe esse.

Ich denke überhaupt mehr an Dich als vielleicht gut ist. Du hast doch gesagt, dass die Asiaten uns Weißen vorwerfen, wir würden immer in Gedanken in der Zukunft oder in der Vergangenheit sein und nicht im Jetzt. Ich jedenfalls möchte mich im Moment nicht in dieser Tugend üben und denke einfach genüsslich rückwärts.

Kali nichta ... .

Kimolos, die dritte Insel

Direkt nach Kimolos, das ging natürlich nicht. Ich war zuerst auf Milos, bin aber nicht über die Meerenge gekommen, sondern um das Westkap.

Natürlich hört niemand auf Dich auf Kimolos. Sie haben die Mole nicht verbessert, so wie Du versucht hast es mir zu erklären.

Heute bin ich den Weg hinauf gegangen, nicht gefahren. Vorbei an Deinen Kakteen, genauer Opuntien. Die spanischen Aggressoren haben sie vor 500 Jahren aus Mexiko mitgebracht und als Schutz um ihre Festungen gepflanzt. Seitdem sind sie da. Hast Du Dir schon einmal überlegt, was hätte geschehen können, wenn diese völlig neue Pflanzenart hier zum Elefanten im Porzellanladen geworden wäre. Wie oft sind wir Menschen wie der Zauberlehrling. Wenn etwas trotz allem gut geht, wissen wir oftmals überhaupt nicht, wie knapp es war und werden es auch niemals erfahren.

Der Platz, auf welchem Du mich gezeichnet hast, war immer noch zertrampelt und die Kakteen sind reif und duften total süß. Nach dem Abendessen bin ich noch höher gestiegen und sitze jetzt an einem der Windmühlenreste. Aber keine Sorge, ich sitze sicher, auch wenn sie plötzlich wieder ein wenig flacher werden sollten. Keine Angst jetzt kommt nichts von Entropie oder so.

Kimolos 16.00 Uhr

Heute will ich Dir eine Geschichte erzählen, die ich gefunden habe, als ich ca. 30 Jahre alt war. Und ich weiß noch heute, wie sie mich ab diesem Tag verwandelt hat.

Die Zellen unseres Körpers sind doch (mehr oder weniger) rund. Und dadurch bleiben – auch bei inniger Berührung – Räume zwischen ihnen frei. Diese nun sind gefüllt mit einer Flüssigkeit. Einem sehr, sehr interessanten Liquid. Es hat noch immer die gleiche Zusammensetzung wie – Meerwasser.

Dies ist ein Erbe aus der Zeit, als unsere Ur- Urgroßeltern noch im Meer lebten. Anders ausgedrückt: Rein theoretisch: Wenn ich mich flach klopfen lasse, nur eine Zellschicht hoch, könnte mein Zellteppich, in Meerwasser gelegt, leben. Teile wie, Adern, Blut, Nieren, Leber, Darm wären nicht mehr nötig. Sie sind nur notwendig, dass die Umgebung zwischen meinen Zellen Meerwasser bleibt und nicht zur Kloake wird.

Noch heute kann man daran sehen: Wir kommen aus dem Meer. Und alle unsere Zellen, so verschieden sie geworden sind, haben sich bis heute auf nichts anderes eingelassen, als sich nach wie vor von Meerwasser umspülen zu lassen. Auch, wenn wir sie an Land umhertragen.

Genug für heute. Ich werde noch beim linken Glockenturm ein wenig schlafen und dann hinabsteigen zum Meer, denn die "Dimitra" kommt im Morgengrauen.

Good night ...

Es geht nicht, ich kann nicht schlafen. Mein Kopf lehnt am Kirchenturm und über mir da, ja da, alles nur Sterne. Jetzt habe ich versucht den Schwan zu finden. Und dann Deneb seinen Hauptstern. Wie hast Du gesagt? Sein Licht ist 1600 Jahre lang zu uns unterwegs. Und wenn er jetzt, da wir ihn ansehen, heller würde, so wären wir Zeugen seiner Beerdigung. Dies wäre dann sein letztes Licht, welches durch das Weltall brettert und es würde bedeuten, daß es ihn zur Zeit der Völkerwanderung zerrissen hätte. Der ganz normale Sternentod.

So ein Blick in die Sterne ist immer ein Blick in die Vergangenheit. Und noch dazu ist alles zeitlich "verschoben". Das Deneb Licht ist 1600 Jahre alt. Das Licht des Sirius nur 8 Jahre. Stern neben Stern, jeder Blick geht in eine andere zeitliche Epoche.

Das " Sternen Jetzt " können wir nie sehen.

Folégandros, die vierte Insel

Ich bin jetzt oben in der Chora von Folégandros, direkt am Abgrund. Als ich über die Schleifspuren des alten Tores gegangen bin, habe ich gedacht: Natürlich wieder an Dich. Heute habe ich wunderschöne Stücke eingesammelt, die Form war viel länglicher. Vermutlich hattest Du recht, Du warst ja immer der Ansicht, dass es hier die größten und stärksten von ihnen gibt.

Störche sind da! Das verstehe ich nicht. Ihr Weg geht weiter östlich über das türkische Festland. Da fällt mir ein, es gibt so viele Dinge die wir eigentlich sehen und doch nicht hinterblicken. Nehmen wir mal zwei solche Vögel, die im Herbst nach Süden fliegen. Nehmen wir den Weißstorch und den Kranich. Der Storch ist ein Segler. Er gleitet, dann ladet er wieder, frisst und wartet auf zum Gleiten günstigen Wind. Ein Kranich aber beginnt seine Reise und dann fliegt er Tag und Nacht, bis er da ist.

16

Jetzt könnten wir sagen: Ja, es ist doch besser einmal aufzusteigen und dann durchzufliegen. Das ist doch einfacher und sicherer. Das ist es schon, nur, wenn man jetzt einiges weiß, sieht das Ganze anders aus.

Das Problem liegt in ihrer Nahrung. Der Storch frisst Frösche, also Eiweiß. Der Kranich frisst Eicheln, Mais, Kartoffeln, also Kohlenhydrate. Ja, und jetzt muss der Mensch wissen, dass nur Kohlenhydrate so richtig Kraft geben. Mit ihnen kann ausgiebig gerudert werden. Eiweiß ist eigentlich zur Körperreparatur gut, weniger als Brennstoff.

Folégandros 14.00 Uhr

Dies ist der Grund warum es sich der Kranich leisten kann, unabhängig von Wind und Wetter zwei Tage lang durchzurudern. Der Storch dagegen kann nicht irgendeine Direktroute fliegen. Er muß sich richten nach Wind und Nachschubquartieren. Er kann nicht anders.

Ja, und nur darum verhalten sich diese Tiere so und nur so. Nur darum.

Wenn ich heute in der Inselnacht hinabgehe, wird kein Vollmond mich leiten. Aber schlimmer noch: Niemand wird für mich Flöte spielen. Hoffentlich erschrecke ich auch nicht zu sehr, wenn die Schafe wieder im Straßengraben schlafen und ich an ihnen vorbei muss.

Buona notte ...

Amorgos,   die fünfte Insel

Als mein Schiff anlegte, habe ich leise in mich hineinlachen müssen. Jetzt bin ich hier, wo Du dachtest, ob der Retsina, den man Dir verkauft hat, nicht doch vielleicht Petroleum war. Retsina, der geharzte Inselwein, der Dich immer an Deine Militärzeit erinnert hat. Ich sehe direkt, wie beim Ruf " Deckung " die Soldatennase im Waldboden versinkt und dann war alles – Retsina. Obwohl Du ihn damals ja noch gar nicht kanntest.

Meine Suche hier war nicht sehr ergiebig. Am Kalkgestein kann es nicht liegen, denn die von Votsalakia wachsen auch auf Kalk. Die Teerstraße, welche Dir Deinen Rucksack geraubt hat, war schön fest. Nicht so kläbrig wie zu unseren Zeiten. Jetzt bin ich wieder zurück in Katápola. In der Chora war ich nicht. Auch nicht am Kloster. Dort hätte ich sowieso keine gefunden. Ja, und was denkst Du, wer vor der Bucht auf Reede liegt – Dein Cerberus!

Ich kann Dir aber beim besten Willen nicht sagen, ob sie ihn verbessert haben oder was immer. Ich sehe nur einen riesigen schwimmenden Rosthaufen. In der Mitte ein ganz normaler Bagger, dem allerdings eine von diesen Fahrketten zu fehlen scheint. Was ich noch erkennen kann, ist, dass er, sagen wir es positiv, asymmetrisch schwimmt. Seine eine Seite ist ja irgendwie viel voluminöser als die andere. Und all diese Ketten und Seile. Ich hätte ja dauernd Angst, dass ich hängenbleibe und über Bord gehe. Ein Geländer sehe ich ja nirgends. Was ist denn daran schön? Du warst ja ganz begeistert. Wie war das? Das wäre menschlicher Ideenreichtum hast Du gesagt. Er hätte alles was nötig ist um eine Fahrrinne auszubaggern. Und dass er letztlich auch noch Cerberus heißt, so wie der Höllenhund, dies sei Phantasie pur, hast Du zu berichten gewusst. Ich habe ihn mir nochmals in Ruhe angesehen. Also das hat Dir gefallen. Da frage ich mich jetzt doch ... von mir hast Du ja ähnliches berichtet ... mit Gefallen und so.

Na dafür habe ich heute etwas Schwieriges mit Dir vor. Es ist für mich ein Grundpfeiler zum Verständnis der belebten Welt. Falls Du dies bis heute nicht gewusst hast und – entschuldige bitte – falls Du dies im Endeffekt verstehst, dann wird sich Deine Weltanschauung verändern. Es geht gar nicht anders. Meine hat es umgekrempelt, als ich ungefähr 35 war.

Die Menschen sagen dazu: Das A/V Verhältnis. Es ist so schwer zu erklären. Mathematisch ist die Erklärung einfach, in Worten aber ist sie schwer. Ich überlege schon seit Tagen, wie ich mich verständlich machen kann.

Also: Wir nehmen Würfel. Zum Ersten: 3 quer, 3 hoch und 3 nach hinten. Einen Dreier Block. Zum Zweiten: Ein

Zweier Block, also 2 quer, 2 hoch und 2 nach hinten. Zum Letzten: Einen Monoblock, also einen Würfel. Der Letztere ist 1 Würfel mit 6 Seiten, klar. Er hat 6 Seiten zur Verfügung.

Tinos 14.00 Uhr

Der Mittlere Block hat nur noch 24 Würfelflächen, welche das Tageslicht berühren. Dies sind pro Würfel nur noch 3 Flächen. Also, nur halb so viel, als wenn jeder allein wäre. Und beim Dreier Block hat jeder Würfel nur noch 2 Flächen um mit der Außenwelt zu kommunizieren.

Die Konsequenzen sind gravierend. Es bedeutet, dass ein kleines Tier mehr heizen muss, als ein großes. Umgekehrt, wenn gekühlt werden muss, hat es das kleine leichter. Dies bedeutet aber weiter, dass ein kleines Individuum verhältnismäßig mehr fressen muss. Oder aber, und dies ist der springende Punkt dieser Seite: Ein grösseres Tier kann auch mit schlechterer Nahrung auskommen. Ach, ich glaube, die Tragweite dieses Satzes kann ich so schnell gar nicht klar machen.

Nochmals anders: Wird die Nahrung weniger oder schlechter, kann nur mit größeren Körpern überlebt werden. Darum die vielen Worte.

Und in all den 4 Tausend Millionen Jahren waren solche ungeschriebenen Gesetze gültig; unsichtbar und gültig. So wie heute auch. Fast alles geschieht, weil es gar nicht anders geht. Wir wissen dies oft nur nicht.

Eigentlich würde ich jetzt ja gerne in die Chora hinaufgehen. Einfach schauen, ob das Sternbild des Skorpion noch mit seinem Stachel nach Ägypten zeigt. Aber, wenn ich mich recht erinnere, hast Du ja gesagt, dass dies nur im Sommer funktioniert, und dass er dann wieder untergeht.

Dann geh´ ich jetzt mal ohne meinen Skorpion schlafen. Dieses ist sehr schlecht und sehr ungesund. Es wäre viel besser, Du könntest bei mir sein. So ein Körper eines Warmblütlers, wie wir es sind, wird dauernd durchkreist. Langsamer oder schneller von allen möglichen Stoffen. Und wenn es solch einem Individuum gut geht, dann geht es auch dessen Kopf gut. Und ist der Schädelinhalt zufrieden, kreisen diese Stoffe so, dass Du steinalt werden kannst. Kummer und Aussichtslosigkeit "verstopfen" diese Flüsse, darum sind länger anhaltende negative Vorstellungen so ungesund.

Ich bin sicher, spätestens an dieser Stelle hätte ich Dich überzeugt, dass es jetzt das einzig Angebrachte wäre, Dich um mich und meine Körper Flüsse zu kümmern.

Ach, es kostet nichts und ist doch so gesund!

Bonne nuit ... .

Pátmos,   die sechste Insel

Hast Du keine Postkarte von dieser wunderschönen Insel gemacht? Ich habe in den Läden keine gefunden. Heute kann ich einmal schlafen, denn das Schiff geht morgen erst am Tag.

Cap Sounion, 21.00 Uhr

Ich sitze im schmalen Lokal unten am Hafen und niemand jammert, dass die Aussicht hier gar nicht schön ist. Dabei wäre mir ja sogar lieber, es würde jemand lamentieren.

Lass mich Dir heute von etwas erzählen, was auch, so seit ich 30 war, in mir sein Unwesen treibt. Es wird wieder schwierig werden. Und vielleicht wird nur ein Gehirn, welches zugleich in physikalischen und biologischen Sphären schwebt, hierüber staunen wollen.

Irgendwann haben die Menschen die sogenannte Regelungstechnik erfunden. Eigentlich haben sie hierbei nur ihre Umwelt beobachtet und versucht sich Sachverhalte zu erklären. Würdest Du sagen: "Erzähl´ mir das Schönste aus R.technik, aber nur eine Geschichte," so müsste ich Dir erzählen von der Wirkungsumkehr. Aber dies will ich jetzt nicht. Ich will Dir erzählen vom nächst schönen in der Regelungstechnik.

Von den D - Reglern (D steht für Differenzial). Mit 24 habe ich sie in der Technik kennen gelernt. Dies ging ja noch. Aber mit 30 habe ich sie in der Medizin gefunden. Es hat mich vom Hocker gehauen, zu begreifen, dass sogar das Lebendige mit dieser Philosophie vollständig zu beschreiben ist.

Einen elektronischen zu bauen ist noch erträglich. Ihn mechanisch zu verwirklichen ist ziemlich kompliziert und wird grundsätzlich teuer. Wie die Natur dieses Problem löst, hätte mich fast zu einer Doktorarbeit verleitet. Ich werde es nicht vergessen, wie mich dieses Thema beschäftigt und somit verändert hat. Seitdem weiß ich zwar, wo welche stecken, doch immer noch würde mich interessieren, wo es in der Biologie die ersten gegeben hat. Aber dies hat mir noch niemand erzählt.

Ich nehme mal an, Libellen haben noch keine Regler mit D Anteil. Warum? Ja, da sie so eckig fliegen. Ach so, ich habe Dir ja noch gar nicht erzählt, wozu man diese Dinger brauchen kann.

Solange alles im Gleichgewicht ist, schläft ein D-Regler. Er ist immer nur dann in Aktion, wenn sich etwas ändert. Und zwar um so durchschlagender, je mehr sich das gerade ändert, worauf er angesetzt ist. Ein Beispiel: Das Herumreißen des Steuers bei Gefahr, das ist er. Oder kennst Du das? Da liegst Du eine Weile auf Deinem Diwan – regungslos und schaust zum Himmel. Wenn ich Dich jetzt fragen würde, wo Dein rechtes Bein ist, dann weißt Du es oft nicht. Erst, wenn Du es ein ganz klein wenig bewegt hast, ist es wieder präsent. Ich höre schon: "Das ist keine gute Erklärung!". Na ja, sie sind eben nicht einfach – die Differenzial Regler. Fast so wie Du, Hi hie. Ich bin sicher, aufrechtes Gehen wäre ohne sie auch nicht möglich.

Heute bin ich froh, dass ich ein Bett habe. Es bläst der "Kareklatos" der Stuhlwind, wenn nicht gar der "Kambanatos" der Glockenwind. Er wabert schon seit gestern und das Meer hat kleine weiße Schaumkronen. Das ist dann wenigstens Windstärke vier.

Hier in Pátmos Skála wird es durch die große, nach Süden offene Bucht, nicht so deutlich. Auch bläst er ja, von Norden kommend, vom Land zum Meer und dann gischtet es nicht gar so wild. Ich hoffe er wird nicht noch stärker, sonst sitze ich hier fest.

Heute Nacht werde ich keinen haben, der mir Handtücher in Tür- und Fensterritzen steckt und die Balkonmöbel anbindet. Was mach´ ich nur? Ich müsste mir direkt einen suchen.

Kali nichta ... .

Nachschlag: Bevor es mich zerreißt, muss ich Dir doch noch schnell das schönste aus der Regelungstechnik erzählen.

In jedem sogenannten Regelkreis gibt es eine sogenannte negative Rückkopplung. Es muss sie geben, sonst funktioniert das Ganze nicht. Angenommen ich liege in der Badewanne und es wird langsam kühler. Jetzt lasse ich warmes Wasser nachlaufen und meine Haut meldet mir jetzt fortwährend, dass es wärmer wird. Irgendwann ist es genug. So, und jetzt kommt es. Der Regler ist in diesem Fall mein Köpfchen. Er sagt: Wenn es zu warm wird, drehst Du zu! Das ist sie. Die „negative Rückkopplung". Steigt der zu regelnde Wert, drosselt der Regler das System. Fällt der Wert, gibt er frei. So ist das Leben eines Reglers. Du denkst, das ist doch klar! Na ja, so klar ist es vielleicht doch nicht.

Kyklades 16.00 Uhr

Du machst Dir vermutlich keine Vorstellung wie viele und wo überall es Regler gibt. Alles ist geregelt, nicht nur in Germany. Sogar ein Flussbett, welches an sich tot ist, regelt. Und zwar die Wasserhöhe. Nur dadurch, dass es nach oben hin breiter wird, stellt es einen Regler dar. Je mehr Wasser kommt umso langsamer steigt der Pegel.

Es gibt auch Sachverhalte, da ist es ganz und gar nicht so. Positive Rückkopplungen sagen dann die Ingenieure. Hier schaukelt sich das System auf. So etwas ist z. B. ein Rufer in einer aufgebrachten Menge, der das Faß zum überlaufen bringt. Wettrüsten ist auch eine – unnatürlich und gefährlich. Es muss immer eine Stelle im Ablauf geben, die gegensteuert, sonst zerlegt sich das entsprechende System.

Positive Rückkopplungen. Soll ich Dir noch schnell von der vielleicht schönsten im Universum erzählen?

Also: Wenn eine Raupe für einige Zeit mehrere ihrer Regelkreise auf positive Rückkopplung schaltet, dann hat dies Konsequenzen. In diesem Fall aber wunderschöne Konsequenzen. Dann ändert sich dieses System komplett und es entsteht ... ein Schmetterling.

Allerdings ist es nötig, dass dieser Zauber nur kurze Zeit anhält, sonst würde es den neuen Schmetterling gleich wieder zerfetzen.

Sámos, die siebente Insel

Es ist immer schön von Süden in einen Hafen einzulaufen – hättest Du gesagt. Ich habe gleich meine Arbeit erledigt. Ja, ja, er fehlt immer noch, der Strauch, den Du hier entwurzelt hast. Sicher ist noch erwähnenswert, dass ich nicht oben war im Kloster und in der Höhle war ich natürlich auch nicht. Ach ja, am Strand von Votsalakia gibt es schöne Kieselsteintürme. Bestimmt 2 Meter hoch.

Heute wäre Greek Night Aber in der Nachsaison ist keine mehr. Machen wir dafür: One Stone Nigth. Albert

Einstein Nacht. Mit ihm wollen wir heute den Abend verbringen.

Santorini 10.00 Uhr

Punkt 1: Albert Einstein hat Flachland erfunden. Ein großartiges Gedankenspiel. In Flachland gibt es nur zwei Dimensionen für den Raum. Die Flachländer wohnen also auf einer Fläche. Ihre Häuser haben keine Dächer. Von oben kann auch nichts kommen. Flachländer können sehr gut auf einer Kugel leben, doch kann man ihnen dies nicht erklären. Nehmen wir an, zwei Flachländer stellen sich Rücken an Rücken. In der Hand halten sie ein Messgerät welches sicherstellt, dass sie immer geradeaus gehen. Wenn sie jetzt losmarschieren, sind sie der festen Überzeugung, dass sie sich nie mehr wiedersehen. Umso größer ist ihr Erstaunen, wenn sie sich plötzlich wieder entgegenkommen. Sie werden jetzt ihre

Messgeräte prüfen und nach langem Grübeln (so sie menschlicher Natur sind) eine Erklärung fertig bringen, dass man nicht gerade gehen kann und sich immer entweder auf einem Rechts- oder Linkskreis bewegt.

Punkt 2: Im Mathäusevangelium steht, dass Jesus nach seiner Auferstehung von den Toten seinen Jüngern in einem Raum erschien, mit ihnen sprach und sich wieder entfernte, obwohl Fenster und Türen verriegelt waren. Wenn ich jetzt annehme, dass sterben eine Transformation in nächst höhere Dimensionen ist, dann geht diese Theorie wundervoll auf. Steigt ein Mensch bei Flachländern einfach von oben in ein Haus, so ist er wie aus dem Nichts da, kann mit ihnen sprechen und sich ebenso schnell wieder entfernen. Flachländer wissen dann zu berichten, dass der Mensch aus dem Nichts erschienen ist. Wenn sie den Menschen fragen, woher er gekommen ist, kann er nur sagen, "das kann ich nicht erklären", oder "ich komme aus einer anderen Welt." Fazit: Schon eine Dimension höher scheint göttliche Attribute zu besitzen.

Es war eine der großen Fähigkeiten Einsteins, dieses Denken in Analogien. Nur deprimierend ist die Erkenntnis aus obigem. Es bedeutet ja: Nehmen wir an, wir sind 4 dimensional und das Universum ist 7 dimensional, dann wäre alles Nachdenken über die Welt sinnlos. Dann wäre menschliches Wissen genau so sicher wie glauben.

Manchmal mag ich nicht mehr. Jetzt wäre das einzig Wahre ein Männerarm – Dein Männerarm.

Dorme bien ...

Kalymnos,   die achte Insel

Ja, denk´ doch mal, wen ich gleich im Hafen von Pothia getroffen habe! Dein "Steckerl" Eleni. Sie ist groß geworden. Noch mehr Steckerl. Sie war etwas verlegen. Ich glaube das hinter ihr war Adonis. Sie hat auch wieder erzählt, wie Du sie gerettet hast mit eurer Mathe Stunde. Ich stelle mir das gediegen vor. Deine Mathematik Ergüsse in Deinem Englisch und ihre Erkenntnis daraus in ihrem Englisch. Na ja, auf jeden Fall war es Völkerverständigung.

Naxos 19.00 Uhr

Soll ich Dir einen Schwamm schicken? Aber es gibt ja hier eh´ keine einheimischen mehr. Sie werden alle importiert. Letho hat natürlich nach Dir gefragt. Bilde Dir nur ja nichts ein. Es ist sicher nur wegen Deiner Trinkgelder.

Ich habe gerade bei ihr zu Abend gegessen. Kleine "Fischlein mit Tinte" würde Joannis sagen. Und jetzt werde ich Dir eine heiße Geschichte erzählen, die ich in mir trage, seit ich 48 bin.

Die Menschen wissen diesen Sachverhalt seit ungefähr 1988. 10 Jahre später habe ich ihn gefunden. Und ich verstehe nicht, warum diese Erkenntnis bis heute nicht vehementer zur Kenntnis genommen wird. Es scheint mir, dass 5% der Menschen dies seitdem wissen. Sie würden es auch erzählen, aber niemand will sie hören. Es ist einfach unglaublich. Also pass´ auf.

Es scheint so zu sein, dass unser Körper nicht allein ist. In jeder unserer Körperzellen leben kleine Wesen, so wie die Bakterien in unserem Darm. Diese Dinger sind völlig selbstständig. Dies geht so weit, dass sie auch einen eigenen Zellkern besitzen und sich dadurch völlig selbstständig verwalten, steuern, vermehren. Eben alles alleine machen. Sie werden von unseren Zellen mit Brennstoff versorgt und verarbeiten diesen so gekonnt, dass unsere Säugetier Zellen damit viel leistungsfähiger werden. Ohne ihre Mitarbeit würde unser Stoffwechsel viel langsamer ablaufen, so gemächlich, dass wir nicht einmal in der Lage wären einen Arm zu heben.

Dies alleine ist schon gigantisch genug, aber es kommt noch besser, denn diejenigen des Mannes werden nicht weitervererbt. Die Eizelle akzeptiert sie nicht. Und daher gibt es keine Mitochondrien Übergabe bei der Zeugung. Ein neues Kind bekommt nur die seiner Mutter.

Wir wollen ja beim Thema bleiben, aber irgendwann müssen die Mitochondrien in größere Zellen gelangt oder geraten sein. Möglicherweise hat es tausende von Jahren Kämpfe gegeben bis sich beide arrangiert haben. Vielleicht werden wir gerade in diesen Jahren Zeugen einer ähnlichen Situation. Seit so 20 Jahren haben wir ja in Europa auffallend mehr Allergien. Wir wollen sie zwar nicht, aber vielleicht sind sie der Anfang einer neuen Symbiose.

So, zurück zu vorher. Jetzt denk´ mal nach. Konsequenterweise müßte dies heißen, daß der Familienname nach der Mutter gehen muß, weil das Kind nicht fifty/fifty Erbanlagen mitbekommt, sondern jedesmal mehr von der Frau Mamá. Ja, und die Geschichte mit den Adelshäusern - überhaupt mit allen Stammbäumen – all dies ist Schrott, weil das Müllermädchen, welches der König gewählt hat, überhaupt nicht beachtet worden ist.

Ach ja, es gibt vielleicht doch eine ausgleichende Gerechtigkeit. Trotzdem glaube ich nicht, daß euer Goethe die Mitochondrien meinte, als er schrieb: Zwei Seelen wohnen ach in meiner Brust.

Für heute: Schlaf gut ... .

Kós, die neunte Insel

Kardamena, ich sitze in Kardamena. Es ist mir immer das Liebste: Im Süden das Meer. Am Horizont räuchelt Nissiros. Aber nur, weil ich es weiß.

Mit 46 hab´ ich die heutige Geschichte gefunden und habe sie ab da wohl oder übel einbauen müssen in mein Weltbild. Ich habe damals bemerkt, wie es mich bereits beim Lesen verwandelt hat. Aber so ist es ja wohl immer. Wenn ein Boden bereit ist, dann geht die Saat auf.

Meltemi auf Kos, 16.00 Uhr

Interessanterweise scheinen auf der Erde drei grundlegende Dinge jeweils nur ein einziges Mal entstanden zu sein.

Zum ersten das Leben selbst. Zum zweiten die Menschheit. Und zum dritten ein Gehirn.

So vor ca. 800 Mill. Jahren waren erste Lebewesen mit einem Riechkolben im Vorderteil ausgerüstet. Dies scheint die Geburtsstunde des "Erdengehirns" zu sein. Drei Mal wurde dieses Gehirn erweitert.

Da ein "Stillsetzen wegen Umbau" in der Evolution nicht möglich ist, wurde das Alte weiterbenutzt, manchmal angepasst, auch teilweise umgangen, niemals aber konnte es ignoriert werden.

Aus diesem Grund arbeiten in allen Erdengehirnen archaische Teile immer noch mit. Manchmal zum Segen seines Trägers, öfter jedoch eher hinderlich.

So habe ich also tief in meinem Kopf ein ganz altes Hirnareal in mir, das Stammhirn, 800 Mill. Jahre alt. Es regelt Herzschlag, Atmung, Körpertemperatur und all die grundlegenden Dinge. Auch Selbsterhaltung und Sexualität. Solch ein Gehirn, haben heute noch Amphibien und Frösche. Mein Gehirn Nr. 1.

Dies ist nicht alles. Darüber liegt ein Lappen, mein Gehirn Nr. 2, den nennen die Hirnforscher den R - Komplex. Er flüstert von Revierverhalten und Aggression, Ritualen und sozialer Hierarchie. Beide zusammen steuern Reptilien seit ca. 500 Mill. Jahren. Kennst Du das, wenn der gute Deutsche am Campingplatz eine Plastikleine mit Fähnchen um seinen Wohnwagen spannt? Revierverhalten. Du hast erzählt, fällt mir ein, dass Dir die Gärten in England und Skandinavien so gut gefallen, weil sie keine Zäune haben – ebenso die Gräber. Einfach nur ein Grabtein und Wiese. Gut, weiter.

Die nächste Stufe in unserer Gehirnentwicklung wird als limbisches System bezeichnet. Es taucht erst bei Säugetieren vor 50 Mill. Jahren auf. In ihm liegt die liebevolle Aufzucht der Jungen, zuständig ist es für Stimmungen und Gefühle. Auch für emotionale und religiöse Aspekte unseres Lebens. Diese Triara steuert Delphin, Puma, Faultier, eben die Säugetiere. Mein Gehirn Nr. 3.

Ja und noch der letzte Schub, der Cortex mit Unterbewusstsein rechts und Ratio links. Meine Gehirne Nr. 4

und Nr. 5. Letzteres zuständig für Intuition und kritische Analyse, Ideen, Inspirationen, Lesen, Schreiben, Rechnen.

Dieses Fünfer – Gehirn steuert Wal, Pferd, Schimpanse, Mensch seit 5 Mill. Jahren. Beim Menschen sitzt links vorne noch die Sprache.

Piräus, 02.00 Uhr morgens

Solche Kieselsteintürme gibt es nur in der belebten Welt. Stell´ Dir das mal vor. Es ist, als würde eine Dampflok, besser noch eine Postkutsche über die Jahre hinweg umgebaut in einen Rennwagen und dies alles während andauernder Fahrt. Wir sind ein Wunderwerk an funktionierenden Verschachtelungen.

Wobei ich die Wunder wieder zurücknehme. Mit Wundern hat es nichts zu tun. Alles sind kausale Abhängigkeiten. Immer gilt das Denken des Abendlandes: Wenn – dann.

Du, ich glaube, es ist langsam wieder so weit. An der Mole stehen plötzlich zwei PKW´s und ein Camion kommt gerade auf die Plaka. Der kleine Ort wird anders, er wird behäbig lebendig. Jetzt sind es bereits fünf, nein sieben Fahrzeuge, es werden immer mehr. Lautlos strömen Menschen aus den Gassen auf die Mole. Esel warten in stoischer Gelassenheit neben ihren Kollegen aus Lack und Blech. Ja und die, die bis jetzt im Kafenion gesessen haben, auch sie waren offensichtlich nicht zu ihrem Vergnügen hier. Sie haben alle nur gewartet auf das Ereignis der Woche. Auf den Zustand, den Du immer so geliebt hast. Ein Schiff wird kommen ... . Und wenn die Fähre dann um die Ecke biegt, taghell wird es werden. Die Erde wird zittern, das Wasser vibrieren. Und die alte, eiserne Madame macht "Fahrt zurück" und beginnt langsam ihr Hinterteil um sich selbst drehen, zur Mole hin. Das Heck öffnet seinen Rachen und dann geht es los! Die einen rein, nein, zuerst die anderen raus. Tränen, Umarmungen, Tiergeblöke, jauchzende Kinder, weinende Kleine, die eigentlich schlafen wollen. Dieselgeruch und in 10 Minuten ist alles vorbei. Das Meer vibriert noch einmal von Licht und Motorengebrüll, gewunken wird oben auf den Decks und unten im Trubel der Mole. Noch einmal zwei Minuten, die griechische Nacht schließt sich wieder und griechische Sterne decken mich lautlos zu ... .

Buenas noches ... .

Nissiros, die zehnte Insel

Zuerst zu Deiner Beruhigung. Er räuchelt noch, auch sichtbar, der Vulkan. Obwohl, ich war ja gar nicht drinnen in der Kaldera. Es muß ja auch Vorteile haben, daß ich Dich nicht bei mir habe.

So mein Geliebter, heute meine letzte Geschichte. Heute möchte ich Dir doch gerne erzählen von einem glücklichen Unterschied. Dem Unterschied zwischen Dir und mir. Du wirst staunen. Ich kann Dir wirklich sagen, wie es dazu gekommen ist. Dazu, dass Du so schön anders bist als ich. Ach ja, Deine so wundervollen kleinen und grossen Andersartigkeiten in Bezug auf mich! Intellektuell, aber dann vor allem – na ja.

Vor langer, langer Zeit, waren sie auf einmal da - selbstständige Zellen. Sie stellen das erste Leben auf unserer Erde dar. Dass sie gelebt haben ist schon wundervoll genug, aber sie hatten noch eine zweite faszinierende Eigenschaft. Sie konnten sich vermehren. Und diese Fähigkeit liegt in einem Molekül. Einem langen, einzigartigen Ding. Es ist aufgebaut wie eine Leiter. Und in der Abfolge der Leitersprossen sitzt das Wissen und Können dieses Moleküls. Diese Leitersprossen stellen eine Schrift dar. Vermutlich die erste Schrift dieser Erde.

Jede Zelle hat in sich solch ein Leiter Molekül. Sonst geht es nicht. Auf diesen Sprossen steht einfach alles geschrieben, was nötig ist um eine Zelle zu bauen und zu verwalten. Ja und auch noch die Fähigkeit zu sagen, wann eine neue hergestellt werden soll und wie das dann zu machen ist.

Irgendwie scheint eine Zelle immer wieder auf ihrer Leiter zu lesen. Und was sie da liest, das macht sie dann. Zum einen baut sie Teile von sich selbst ab und neu wieder auf. Zum anderen aber beginnt sie irgendwann, wie von Zauberhand, diese ihre Leiter zu teilen. Genau in der Mitte der Sprossen entfernt sich der rechte vom linken Strang. Ab jetzt schwimmen zwei halbe Leitern durch den Zellkern.

Und du machst Dir keine Vorstellung, was jetzt passiert. Jede Leiterhälfte sucht sich Sprosse um Sprosse passende Moleküle im Zellplasma aus und beginnt ihren Teil wieder zu vervollständigen. Sind sie fertig, kräuseln sich zwei gleiche Leitern durch die Zelle. Absolut identisch trägt jede den gesamten Bauplan, sowie alle anderen Anweisungen für ein Zellenleben, auf ihren Sprossen.

Nissiros 12.00 Uhr

Ist dieser Zustand erreicht, beginnt die Zelle sich in der Mitte einzuschnüren. Immer enger und enger. Plötzlich ist die Einschnürung so dünn, dass sie auseinander reißt. Jetzt sind es zwei kleinere Zellen mit jeweils einer Leiter in ihrem Inneren. Dies ist eine Geburt.

Alle Einzeller vermehren sich auf diese Weise. Vier Milliarden Jahre lang hat sich bis heute daran nichts geändert. Sie teilen sich und teilen sich. Und nachher kann niemand sagen, wer die Mutter und wer das Kind ist. Ja, und einen Papa gibt und braucht es hierbei überhaupt nicht. Noch dazu ist diese Art von Leben unsterblich. Kein Kummer mit dem Tod wie bei uns. Nur die Stückzahlen variieren, je nachdem, ob mehr geteilt wird oder weniger. Gut, mechanisch kann ein Ende kommen. Durch Feuer oder andere Gewalteinwirkung. Ansonsten aber wäre diese Art von Leben unveränderlich und ewig.

Lass mich froh sein, dass dem nicht so ist. Denn wäre es so, dann gäbe es Dich nicht. Und dies fände ich sehr, sehr schade. Gut, zugegeben, ich wäre dann auch nicht vorhanden.

Es kommt aber noch viel besser. Das Teilen einer Leiter und die folgende Verdopplung ist vergleichbar mit dem Abschreiben eines Textes. Und bei jedem Abschreiben gibt es Fehler. So auch hier. So entstehen Verdopplungen, ein Teil der Sprossen wird gespiegelt eingesetzt oder es wird auch mal eine Leitersprosse vergessen. Diese unvermeidlichen Fehler, sie sind der Grund, warum es mir möglich ist so etwas wie Dich zu lieben.

Diese sog. Mutationen schlagen sich dann in Zukunft nieder in einem abgeänderten Aufbau einer neuen Zellstruktur. Ist so eine Veränderung einmal eingetreten, gibt es zwei Möglichkeiten. Passt sie in die vorhandene Umgebung, oder ist sie wenigstens neutral, wird diese neuartige Zelle weiterexistieren und sich fortpflanzen. Wenn nicht, geht diese Variante wieder unter.

Alle nach außen sichtbaren Veränderungen liegen hierin begründet. Der Unterschied zwischen Dir und mir sind nur diese Schreibfehler. Ja, Du und ich, genauer noch unsere Kinder, sind im Moment das letzte Glied einer Ahnenreihe die 4 Milliarden Jahre lang durchgehend überlebt hat. Generation um Generation ist immer wieder ein Kind entstanden. Kein einziges Mal ist diese Kette abgerissen, sonst wären wir nicht hier. Und dabei gehen doch nahezu alle Mutationen schief.

Du denkst dies alles kann nicht sein? Ich bin auch nicht glücklich darüber. Aber Naturwissenschaftler sind nüchterne Leute. Und es sind ihre tiefgründig schlauen Versuche, die diese Erkenntnisse gebracht haben.

Boa noite ... .

Jetzt glaube ich, riecht es nach Vulkan. Es schwefelt etwas und ich kann nicht schlafen. Darum Nachschlag:

... es ist verboten, zu schlafen in den Booten, den roten

Auf Kos habe ich behauptet, dass es so aussieht, als ob Leben nur ein einziges Mal auf dieser Erde entstanden ist. Der Grund für diese Annahme ist, dass wir bis heute nur Zellen mit dieser einen Schriftart gefunden haben.

Alles Leben der Erde funktioniert auf diese Weise. Ein Regenwurm, ein Schmetterling oder Du und ich. Unsere Zellen sind alle gleich aufgebaut und jede trägt in sich diese Leiter. Sie ist nur länger oder kürzer; je nachdem, ob das Wesen komplexer oder einfacher gestrickt ist.

Ach herrje, strenggenommen stimmt dies nicht. Ein Lungenfisch z. B. hat -zig mal längere Leitern als wir, obwohl er eigentlich noch ziemlich archaisch ist.

Trotzdem: Findest Du es nicht beeindruckend? Da wird über die Jahrmilliarden hinweg abgeschrieben. Mehrere Korrektursysteme haben sich nacheinander entwickelt. Von den wenigen Fehlern, die durchschlüpfen, führen fast alle zum Niedergang des Lebewesens. Die harmlosen bis glücklichen Schreibfehler aber verändern die Leiter, die weitergegeben wird, Stück um Stück. Manche dieser Verlängerungen sind dabei neutral, sie bewirken nichts und sie schaden nicht. Der Hauch von Rest jedoch, das ist es. Ungewolltes, welches für uns sichtbar wird. So, wie diese Fehlerauswirkungen nacheinander aufgetreten sind, haben wir ihnen Namen gegeben. Und so heißen sie: Wurm – Fisch – Lurch – Reptil – Säugetier – Primat – Savannenläufer – Du und ich.

Es kommt noch wilder! Als es den Menschen möglich war diese Leitern zu lesen, wurde eines klar. Fast alles, was eine Leiter sagt, ist Unsinn, bzw. nicht brauchbar. Nur ein kleiner Teil enthält sinnvolle Anweisungen. Diese Abschnitte werden Gene genannt. In ihnen steckt unser Leben. Aber nicht unabänderlich. Durch neu hinzukommende Schreibfehler ist es möglich, dass plötzlich aus Gemurmel eine Sinnkombination entsteht, die dann erstmalig und ab hier immer mitspricht. So taktet unser Dasein.

Immer, wenn ich in Gedanken an dieser Stelle bin, wird mir ganz mulmig. Es ist alles so ungeheuerlich, doch es ist nachprüfbar. Ich kann es also nicht ignorieren.

Jetzt würde ich mich so gerne in Deinen Arm drehen. Glücklicherweise habe ich immer, wenn ich Dich gespürt habe, all diese Geschichten vergessen. Dich zu spüren, Dich zu riechen, den Kontakt mit Deiner Haut, Deine Stimme, Deine nimmer endenden Aktivitäten ... . Es war immer so, als würde etwas von Dir zu mir fließen. Und es hat mir Kraft gegeben. Eine wunderschöne Gelassenheit und Kraft.

Ich weiß, es sind alles Moleküle, ich weiß. Aber stell´ Dir doch mal vor, diese Gene, sie sind blind, taub, stumm. Sie haben nur diese eine vehemente Strebsamkeit sich zu vermehren. Sie denken ja nicht mit, aber manchmal stelle ich mir vor, wie arm sie dran sind.

Sie waren zuerst da. Dann haben sie sich vermehrt – gut. Für die Mutationen, die mit ins Spiel kamen, dafür können sie nichts. Selbst, wenn sie gewollt hätten, es wäre Genen nicht möglich gewesen, die Mutationen zu umgehen. Und eigentlich sind diese Fehler ja sogar ein Glück für sie gewesen. Es ist das Verdienst oder die Schuld der Mutationen, dass diese ersten Zellen sich verändert haben. Hierbei sind zwar fast alle Veränderungen wieder ausgestorben, aber im Endeffekt waren sie eigentlich im Sinn der Gene. Diejenigen, die überlebt haben, waren dann stabiler als vorher. Die Haut eines Krokodils ist ein guter Schutz um nicht gefressen zu werden. Krokodil Genen kann dies nur Recht sein. Und so ist es jedes Mal. Gazellenbeine, flinke Gazellenbeine, sind ganz im Sinne der Gazellen Gene. Eigentlich müssten sich Gene jedes Mal freuen, wenn ihnen Mutationen wieder einmal einen Überlebensvorteil verschaffen. Ich denke, wenn wir dies den Genen erzählen könnten, sie würden einsehen was für ein Glück sie haben auf dieser Welt. Wer wird schon so sehr unterstützt darin, was er am liebsten machen macht.

Jedes Mal in all den Zeiten, war eine neue überlebensfähige Variante ein Glück für die Gene. Bis zu einem Punkt. Es gibt einen Zeitpunkt, da ist wieder ein neues Wesen entstanden und wieder war dies eine gute Sache im Sinne der Gene. Nur dann kam es. Diese Neuerung begann auf einmal etwas in die Wege zu leiten, was ganz und gar nicht Gen gefällig war. Dies war einmalig, noch nie war so etwas geschehen, es war erstmalig auf dieser Erde.

vor Antiparos 14.00 Uhr

Keine Sorge, es ist nicht der Nissiros mit seinen Schwefeldämpfen. Ich rede nicht wirr. Ich spreche von einem ganz bestimmten Lebewesen, welches erstmalig ein Verhalten an den Tag legte, das Genen – so sie denken könnten – ganz und gar nicht gefallen kann. Ich spreche natürlich wieder von Homo Sapiens Sapiens, also von uns. Und worum geht es? Empfängnisverhütung, das ist es! Unsere Ratio ist wieder am agieren. Nur eine Ratio ist in der Lage so etwas Unerhörtes – aus der Sicht von Genen – auf den Weg zu bringen. So etwas hatte es bis dahin noch nicht gegeben. Und manchmal stelle ich mir vor, wie sie wohl weinen, zetern und Zähne knirschen würden, wenn ihnen die Sachlage bewusst wäre.

Arme Gene. Alles haben sie überlebt, immer und immer wieder hat sich ihr Träger verändert. Er ist größer geworden und komplizierter. Und das Ganze gar nicht wenig. In 4 Milliarden Jahren ging diese Veränderung immerhin von einem Molekül, frei im Meer umherschwimmend, bis hin zu Dir und mir.

Wenn dies so weitergeht – und das ist gut möglich – dann würde ich nur allzu gern wissen, wie die Lebewesen der Erde nach nochmals solch einer Zeitspanne aussehen. Es ist unvorstellbar, aber durchaus möglich, dass dieser Wandel durch Mutationen nochmals so lange geht. Sehr viel länger wird es allerdings nicht laufen. Warum?

Weil die Sonne noch ungefähr 5 Milliarden Jahre brennen wird. Dann kommt ihr Ende, sie wird zu einem roten Riesen. So groß, dass die Erde in ihr kreisen muss. Das wird zu warm für Eiweiß. So einfach ist das.

So, und jetzt wären wir wieder an der Stelle, an der wir auch damals waren, bei unserem kurzen Zwischenstopp auf Antíparos. Aber damals, als es, genau genommen, um Kernenergie ging, da wollte ich dies nicht ausbreiten.

Kernenergie, also Energie aus dem Atomkern, tritt aus als sehr, sehr kurzwellige, und damit energiereiche, Strahlung. Dagegen ist ultraviolettes Licht ein Hauch. Kernstrahlung ist so kleinwellig, dass sie fast alle Materie durchfliegt, wie ein Marienkäfer einen Maschendrahtzaun. Durch uns Lebewesen, da fährt sie durch wie durch Butter.

Sie entsteht immer dann, wenn Atomkerne auseinander gerissen werden. Und sie kann etwas beeindruckendes. Schießt sie auf ihrem Weg durch ein Lebewesen, muss sie nur noch auf eine Leiter treffen, ja und dann haben wir Leiter Salat. Mal weniger schlimm, mal problematicher.

Wenn dies bei uns selbst geschieht, dann könnten wir sagen, gut: wir hatten die Wahl, ob wir diese außergewöhnliche Strahlung erzeugen möchten. Aber sie brettert nicht nur durch uns Lebende. Sie bohrt sich auch durch die Eier der Mädchen und die Spermien der Buben. Deshalb mag ich sie nicht. Sie ist in der Lage unser Erbgut von außen zu verändern!

Ihre Berührungen ermöglichen zusätzliche Mutationen. Und darauf zu hoffen, dass die nächste unser Erbgut positiv verändert, ist ungefähr so, wie wenn Du bei einem Fernsehapparat ein Beinchen abzwickst, an anderer Stelle beliebig wieder anlötest und dann hoffst, dass er jetzt besser läuft. Theoretisch ist dies denkbar, praktisch aber sehr, sehr selten.

Ja und deshalb will und möchte ich atomare Strahlung nicht haben. Sie ist in der Lage unser Erbgut zusätzlich zu mutieren. Die Mutationsrate ist sowieso ein Problem. Sie ist so, wie sie ist. Wäre sie höher, es gäbe uns schon nicht mehr. Wäre sie niedriger, würde die Anpassung der Lebewesen an die sich verändernde Umwelt zu langsam ablaufen und wir wären aus diesem Grund nicht mehr da. Es ist großes Erdenglück, dass die Mutationsrate so ist, wie sie ist. Wir sollten nicht an ihr drehen.

So, und jetzt mag´ ich nicht mehr.

Ich wünschte so sehr, Du könntest hier sein. Dann wäre ich komplett. Wie ein griechischer Tempel. Solch einer hat vorne meist sechs Säulen. Weißt Du warum? Die

Griechen sagen, die zwei ist weiblich, die drei ist männlich. Aber dann sagen sie: Drei mal zwei, Mann mal Frau. Das Produkt, nicht nur die Summe. Das ist mehr, das Höchste und Schönste an Ordnung. Mann mal Frau. Die Säulen an der Seite, das ist immer eine Primzahl. Diese waren den Griechen suspekt. Sinnbild für das Unerklärliche, das Mystische, das Chaos. Ein Tempel ist alles. Ordnung und Glück, Chaos und Leid. Ordnung vorne, Unerklärliches nebenan. Ich habe es ja immer gedacht: Wir zwei waren das Höchste!

Aber alles hat seine Zeit. Und jetzt bist Du so weit weg. Du hast völlig recht gehabt, wenn Du immer gesagt hast, wir Menschen sollten uns viel öfter umarmen. Das Umarmen ist vielleicht das Schönste, was entstanden ist auf dieser Erde. Außerdem sollten wir es immer gleich machen, bevor so ein neuer Schreibfehler uns, in Dir oder mir, einen Strich durch die Rechnung macht.

Bin ich heute komisch? Vielleicht sind es doch die Dämpfe des Vulkans. Ich komme mir fast vor, wie das Orakel von Delphi. Es war ja auch immer benebelt, von dem, was aus der Felsspalte kam über der es saß. Ich fürchte fast, heute würde ich Dir aus dem Allerheiligsten meines Herzens erzählen. Aber Du bist ja nicht hier. Jetzt wirst Du es nie erfahren. Und das geschieht Dir recht. Warum hast Dur nur "ja" gesagt dazu, dass wir uns wieder trennen nach diesem Sommer. Im Moment finde ich dies gar nicht gut!

Schlaf gut, ich träume, Du wärest hier ... .

Astipálea, die elfte Insel

Ruhig blickt die Kirche über die Burg. Und still ruht die Burg über den weißen Schachtelhäusern. Meine Sammelreise geht zu Ende und morgen werde ich nach Hause fahren.

Astipálea, 16.00 Uhr

Jetzt habe ich Dir lauter komische Geschichten erzählt und Du wirst Dich vielleicht fragen, warum. Es waren endeka (elf) Inseln, aber nur neun Geschichten. Kárpathos, die erste meiner Inseln, habe ich verjammert und es fehlt noch mein Versprechen, Deine Frage zu beantworten.

Also: Warum ich Dich liebe!

Hier meine Erklärung, wobei ich mich nicht wundern würde, wenn Du etwas anderes erwartet hättest. Aber bei Dir bin ich mir da nicht einmal so sicher.

Also, ich denke, ich komme aus dem Meer. Mit immer noch Meerwasser zwischen mir. Ich bestehe aus meinem Körper und den Mitochondrien wiederum innerhalb dieses Körpers. Ja, und dann noch aus fünf Gehirnen, die verschieden alt sind, zum Teil zusammenarbeiten und teilweise gegeneinander. Alles in allem also ein Siebengestirn. Das ist schon ein beeindruckender Stelzenlauf.

Wenn ich gesund bin und wenn die Gelegenheit günstig ist, werden meine fleischgewordenen Leitern dafür sorgen, dass meinem Luxuskörper noch etwas einfällt. So etwas wie DU. So, und wenn ich Dich dann gefunden habe, dann, ja dann werde ich bemerken, freudig oder erschreckt, dass da Schmetterlinge sind in meinem Bauch.

Dann ist es soweit: Jetzt liebe ich Dich. Bist Du nun zufrieden? Natürlich, du bist es nicht. Ich wäre es auch nicht. Ich habe es erklärt rein mit meiner Vernunft – meinem 5ten Gehirn – 2 Mill. Jahre alt. Mit meiner Ratio.

Gut, ich will mich nochmals erklären. Diesmal zusätzlich mit meinem Gefühl. Was der Unterschied ist, willst Du wissen? Vernunft ist wissen, Gefühl ist glauben bis fühlen.

Vernunft wohnt in der Ratio. Gefühl liegt in all den anderen Weiten meines Kopfes. Im Stammhirn, im Reptiliengehirn, im limbischen System und im Unterbewusstsein, dem rechten Cortexteil. Ich könnte auch sagen, das Gefühl liegt in den Genen, liegt in biologischen Gewebeteilen, welche von den Leitern fabriziert wurden. Die Mitochondrien kochen ihr eigenes Süppchen. Glücklicherweise mischen sie nur im Stoffwechsel mit.

Also: Ab jetzt Erklärung mit Ratio und Gefühl: Doch Vorsicht! Genaugenommen kann ich zwar vernünftig sprechen, doch gefühlvoll alleine, das geht nicht. Die Sprache sitzt in der Ratio. Nur die menschliche Vernunft hat eine Sprache. Das Gefühl, wohnend in meinen anderen Kavernen, muss ich stets mit meiner Ratio in Sprache transformieren, bevor ich Dich damit beglücken kann. Dies ist ein unüberbrückbares Hindernis.

Exodos

Wie gesagt, morgen werde ich nach Hause fahren. Auf die letzte Insel meiner Reise. Dorthin, wohin ich immer vermieden habe, Dich mitzunehmen. Verzeih´ es mir. Es ist besser so.

Denn an der Mole werden Aglaia, meine Tochter, und ihr Sohn Joannis stehen. Jetzt weist Du es. Sie sind meine Familie und ich liebe sie.

Bevor sie in mein Leben getreten sind, habe ich andere geliebt. Diese Geschichten, die ich Dir erzählt habe. Sie aber haben diese Geschichten nicht verlangt und nicht gebraucht. Im Vordergrund standen auf einmal: Pudding kochen, Fieber messen, Schuhe kaufen und und und.

Diese meine wundervollen Geschichten wollte niemand hören – nur Du plötzlich wieder. Als ich das erste Mal mein Haar für Dich geöffnet habe, ahnte ich, was jetzt geschieht. Meine Gehirne hatten mir schon lange berichtet, dass Du ein Mann bist, dass Du dunkle Augen hast und schwarze Haare. Dass Du einen Bart hast und dass dies alles sehr gut ist. Dann haben sie – diese Materie gewordenen Leitern – losgefeuert.

In Sachen Liebe sind auf ihnen einige parallel laufende Programme niedergeschrieben. Das eine älter, das andere jünger. Im Stammhirn sitzt die nackte Sexualität. Im Säugetiergehirn die liebevolle Aufzucht der Jungen. Ein Programm, welches länger andauernde Bindungen verfestigt, liegt im Cortex.

Das dominanteste Programm sagt:

Wenn Du ein Mann bist,
lege Samen ab, so oft du kannst.

Bist Du ein Weib, ist die Forderung:
Suche so guten Samen wie möglich.

Dieser Unterschied, das ist Mann, das ist Frau. Damit ist, in erster Näherung, alles gesagt. Betrachte einmal nach diesen beiden Maximen die Lebewesen und Du bekommst viele Fragen plötzlich beantwortet. Fragen, die sonst nur schwer zu erklären sind.

Der Grundtenor hierbei ist: Ein KIND soll entstehen. Am besten ein gutes, grundsätzlich aber ein KIND. Es gibt noch ein anderes Programm. Es fordert: Nimm Dir alle vier Jahre einen neuen Partner.

Und es kommt noch komplizierter: Die Programme ändern sich mit der Zeit die verstreicht. Mit meinen 57 Jahren wird das " gute Samen such Programm " schon sehr ruhig, doch nicht das mit den vier Jahren. Diese waren längst abgelaufen und das Programm hat auf mich eingeflüstert, was das Zeug hielt. Es hat seine Hormone mobilisiert und eben alle Register gezogen, so wie es an solch einer Stelle immer geschieht

Mykonos, 16.00 Uhr

Trotzdem, gesiegt hatte es noch nicht. Der Mensch ist ja, sehr zum Leidwesen der Leitern, auch ein Verstandestier geworden. Da war ja noch meine Ratio. Aber dieser hast Du Deine Geschichten erzählt und schlimmer noch, es sah für sie so aus, als würdest Du auch meine hören wollen. Die, die seit Äonen niemand mehr hören wollte. Und die furchtbarste Droge für mich war, dass Du offensichtlich Gefallen daran hattest, Dich mit meinen abwegigsten Ideen zu befassen. War mir so etwas jemals schon passiert?

Wäre ich 20 gewesen, hätte ich Dir wohl übel genommen, dass Du Dich nicht sofort um meinen Körper gekümmert hast. Dann aber kam die Sache mit dem Seeigelstachel in meiner Ferse. Langsam und mit viel Sachverstand hast Du ihn wieder zum Vorschein gebracht. Alles, was die Wortleitern meinem Körper an Wissen über "to touch" mitgegeben hatten, war jetzt wieder wach. Hat begonnen mich totzufeuern. Meine Ratio wusste nur noch, dass man dies nicht macht und dass ich genau endeka Tage Zeit hatte, es doch zu tun.

Plomari auf Lesbos 19.00 Uhr

Als die "Dimitra" ihr Heck an die Mole drehte, hatte ich nur noch Augenblicke mich zu entscheiden. Hätte ich gesagt Adieu, wärest Du von Bord gegangen. Da sagte ich: "Bleib". Dies war vielleicht Affekt, doch die zehn anderen Tage, das war dann leider Vorsatz – würde ein ethischer Richter sagen.

Es kam so, wie ich es mir vorgestellt hatte. Ich wurde auch nicht enttäuscht. Ich war an einen fränkischen Ritter geraten. Er war rücksichtsvoll und einfühlsam. Eben ein Ritter. Du musst wissen, dass im Mittelmeerraum – vor allem in Süditalien – heute noch geschwärmt wird, von den fränkischen Rittern eines Friedrich II. Ich werde jetzt noch mehr daran denken, falls ich wieder auf der afrikanischen Seite von Kriti nach Francocástello komme.

Mykonos 10.00 Uhr

Ich bin über 50 Jahre alt. Mit 30 hätte ich überlegt, wie ich Dich für immer hätte behalten können. Jetzt aber wusste ich, dass dies einfach nicht mehr machbar ist.

Wärest Du nicht aufgetaucht, hätte ich Frieden. Dafür, dass es so wundervoll war, habe ich jetzt Traurigkeit. In jedem Fall also Traurigkeit. Hätte ich Dich weggeschickt, wäre ich traurig gewesen. Ich habe es nicht getan. Jetzt bin ich unglücklich, weil es vorbei ist. Angenommen, ich wäre für immer bei Dir geblieben, hätte ich geheult, wegen meiner Familie. Sie hätte es nicht akzeptiert. Es war mir klar: Billiger: komme ich nicht davon – Schmerz in jedem Fall.

Fragen wir uns zum Schluss mal, warum so viele Menschen überhaupt in solch eine Situation kommen.

Ich habe einen Körper, der ist alt. Je nachdem wie man es betrachtet 4 Milliarden Jahre, aber wenigstens 1/2 Million Jahre. Und er sagt mir, was er braucht bzw. will. Durst, Hunger, Wärme, Streicheleinheiten, so sagt er es. Und dann habe ich in diesem Luxuskörper noch einen Cortex seit 5 Mill. Jahren. In ihm sitzt mein Menschsein. So, und die linke Hälfte von Letzterem beinhaltet meine Ratio. Sie ist so 2 Millionen Jahre alt und somit der Grünschnabel in mir.

Der "Grünschnabel" ist deshalb gut gewählt, da die Ratio sich in vielerlei Hinsicht auch so verhält wie etwas Junges. Sie ist quicklebendig. Und sie ist oft einfach zu überlisten. Sie lässt sich täuschen. Andererseits hat sie schon viel geleistet. Als wir nackt wurden, hat sie die Kleidung erfunden. Sie hat alle Werkzeuge erdacht. Durch sie haben wir uns Hütten gebaut. Weiterhin ist der Krieg ihr Werk. Und als Ende der Fahnenstange: Nur eine Ratio kann Foltern.

Alles dies kann sie aber nur, weil sie eine besondere Eigenschaft besitzt. Sie kann lernen. Leitern lernen nicht. Die Ratio kann es von heute auf morgen. Nur darum waren obige Leistungen möglich.

Ja, und deshalb kommen viele Menschen in solch eine Situation. Das Siebengestirn fordert die Einhaltung seiner Richtlinien. Sechs seiner Musketiere haben starre Regeln, das siebente, die Ratio aber, ist von uns beschreibbar. Und alle passen nur teilweise zusammen oder widersprechen sich gar. So läuft unser Menschsein.

Nur noch eines. Dieser flexiblen und schnell lernenden Ratio scheint es eigen zu sein, dass sie für alles, worüber sie stolpert, eine Erklärung braucht. Weiße Bereiche in ihrem Fragenkatalog duldet sie nicht. Ja, und jetzt kommt es: Eine Erklärung muss her. Dabei ist ihr leider eine falsche lieber als gar keine. Diese ist schnell eingelagert.

Und nur, wenn ihr Träger es gelernt hat, seinen Fundus immer wieder zu kontrollieren, ob er denn auch der Umwelt Rechnung trägt, ist es eine schlaue Ratio. Ansonsten läuft sie ein Leben lang umher und managt die dümmsten Dinge. Ich versichere Dir, es ist so.

Saharawind über Emborio 10.00 Uhr

Kommen wir wieder zu mir. Bei unserem Zusammentreffen auf der "Dimitra" haben mir meine Fleisch gewordenen Leiter-Programme erzählt, wie gut Du zu mir passt. Und jetzt wollten sie Dich. Sie forderten Berührung. Mache ich es nicht, werden sie mich bestrafen. Sie werden schmollen. Still, aber dafür lange. Anders meine Ratio. Sie ist gefüllt mit Wertmaßstäben, welche ich seit meiner Kindheit in ihr angesammelt habe. Und diese sagen, dass ich das mit Dir nicht darf. Und wenn ich es doch wagen sollte, dass ich dann bestraft werde. Eingangs habe ich erwähnt, es gäbe auch noch ein junges Programm, welches zwischenmenschliche Bindungen festigt. Dieses hätte zu allem Überfluss jetzt gejammert von all den Weihnachten mit der Familie, davon, wie schön doch alles zu Hause ist und dass Aglaia weinen würde wegen der Schande.

So, und was mache ich jetzt. Es ist nie lustig zu wissen, dass eine anstehende Entscheidung in jedem Fall ein Pyrrhussieg wird. Ich war an solch einer Stelle. Aber gab es einen Ausweg? Es gab einen!

Die List. Sie ist eine alte griechische Un-tugend. Die List. Es bestand noch die Möglichkeit die Ratio zu überlisten. Du denkst, dies wird nicht funktionieren. Du denkst es geht nicht, mit Hilfe der Ratio die Ratio zu hintergehen? Oh doch, das funktioniert sogar sehr gut. Der Mensch muss schon sehr viel Selbstdisziplin üben, damit ihm dies nicht mehr passiert. Und hier war es ja noch viel einfacher. Ich musste überlisten – ja, aber nicht meine Ratio, nein – die der Anderen!

Und so habe ich es auch gemacht. Jetzt hoffe ich nur, dass es gelingt. Die jeweils andere Ratio soll es nicht merken. Ja, wird jetzt die Deine sagen: "Das ist doch nicht edel!" Stimmt, aber es geht nicht eleganter. Ich bin nicht daran schuld. Wirklich nicht. Wer schuld ist?

Unsere Kultur. Sie gibt es nur in unserer Ratio. Dort ist sie zu Hause. Kultur ist kein Naturgesetz. Unsere Ratio hat eine Kultur kreiert, die zu den Interessen der Leiterin-halte nicht kompatibel ist, würde der Computerfreak sagen. Diese Kulturregeln haben durchaus ihren Grund und Sinn. Sie sind ausgeklügelt worden, damit Ruhe ist im Stall. Ruhe ist praktisch, aber eben nicht kuschelig.

So, Schluss jetzt. Es geht nicht besser. Hoffe mit mir, dass sie mich nicht erwischen. Ich habe niemandem etwas gestohlen, aber furchtbar viel bekommen, wovon sie im Endeffekt nur profitieren, wenn ich sie alle jetzt besser ertragen kann und sie es somit gut mit mir haben.

Mein Pädoyer: Ich habe so viel erzählt, weil ich mich ohne diese Geschichten nicht verständlich machen kann, wenn ich erklären soll, wo die Liebe schläft. Wer denkt schon, dass er verschiedene Gehirne hat, die nur teilweise zusammenpassen. Und einen Körper, welcher gar nicht einer ist, sondern im besten Falle zwei.

Simi 16.00 Uhr

Für mich ist das, wie ein Leben auf fünf Inseln. Das eine Ding habe ich hier, das andere dort. Immer muss ich sehen, wie ich alles unter einen Hut bekomme. Stamm-, Reptilien-, Säugetiergehirn, Unterbewusstsein und Cortex, so wären die Inselnamen. Das sind sie. Fünf Inseln in meinem Kopf, auf denen meine Liebe zu Dir schläft.

Diese Vielspältigkeit, das kratzt schon sehr an der menschlichen Glorie. Ich habe es anfangs auch nicht erbauend gefunden. Mein naturwissenschaftliches Gehirn aber hält diese Geschichten, die ich hier erzählt habe, für sehr, sehr glaubhaft und es hat bis heute keine besseren gefunden. Darum kann und will ich sie nicht ignorieren.

Das ist ja das wundervolle an Naturwissenschaft. Sie stellt Fragen und sucht Antworten. Es gibt keine Antwort, die nicht zugelassen wäre. Wenn eine sicher scheint, wird sie eingebaut. Ganz gleich, was hinten dabei herauskommt. Ein Naturwissenschaftler würde einen Tag vor seinem Ende sein gesamtes Weltbild umwerfen, wenn er Grund zur Annahme hätte, dass es nicht stimmt.

Solltest Du Dich wehren wollen gegen diese meine Betrachtungsweise – gut. Dann ist es aber nötig, mir eine bessere zu liefern. Und das wird schwer werden.

Gefragt war nach der Liebe. Die Antwort ist schwierig, weil sie nicht nur an einem Ort zu sitzen scheint. So gehe ich davon aus, dass ich Dich liebe, weil Du meinen Leitern gefallen hast und meiner Ratio auch. Wenn ich nicht davon ausgehe müsste, dass dies der Grund ist, hätte ich wie jeder andere normale Mensch gesagt: *Ja, weil ich Dich eben liebe.*

(Deine)   Zografou,

ein Siebengestirn
mit ihren zwei Körpern und fünf Gehirnen.

Gerade stellt meine Ratio fest, daß Du verdächtig schnell ja gesagt hast zu meiner Bedingung, daß wir uns dann nie mehr wiedersehen!

Doch noch Patmos ...

Patmos 16.00 Uhr

Literaturverzeichnis

Aurich, H.:	Laboratorium des Lebens, Aulis.	1978
Barash, D.:	Das Flüstern in uns, S. Fischer.	1981
Bogen, H. J.:	Knaurs Buch d. mod. Biologie, Droemer.	1967
Bryson, B.:	Eine kurze Geschichte von fast allem, Goldmann V. München.	2005
Coveney, P.:	Anti - Chaos, Rowohlt.	1980
Dawkins, R.:	Das egoistische Gen, Spektrum.	1980
Eigen, M.:	Stufen zum Leben, Piper.	1992
Fester, F.:	Neuland des Denkens, DBB.	1980

Forth, E. u. a.:	Meyers Taschenlexikon Bionik, VEB.	1976
Freytag, W.:	Das Gesetz des Alls, Herbig.	1982
Judson, H.F.:	Fahrplan für die Zukunft, Piper.	1980
Klose, F.:	Das Ende, Umschau V.	1989
Lienau, C.:	Griechenlad, Darmstadt, Wissenschaftl. Buchgesellschaft	1989
Nigel, D.:	Weltgarten der Lüste, Econ.	1985
N. N.:	Confuzius Gespräche Lun yü, Diederichs.	1980
Parker, B.:	Unergründliche Tiefen, Birkhäuser.	1987
Pease A. u. B.:	Warum Männer nicht zuhören und Frauen schlecht einparken, Ullstein.	2000
Piechocki, R.:	Die Zähmung des Zufalls, Aulis.	1987
Reichholf, J.:	Das Rätsel der Menschwerdung, dtv.	1993
Reichholf, J.:	Der Regenwald, dtv.	1990
Reichholf, J.:	Der schöpferische Impuls, dtv.	1994
Reichholf, J.:	Die falschen Propheten,Wagenbach.	2002
Reichholf, J.:	Erfolgsprinzip Fortbewegung, dtv.	1992
Reichholf, J.:	Evolution, Herder.	2007
Reichholf, J.:	Warum wir siegen wollen,dtv.	2001
Sachsse, H.:	Einführung in die Kybernetik, Vieweg.	
Sagan, C.:	Aufbruch in den Kosmos, Droemer Knaur.	1978
Sagan, C.:	... und werdet sein wie Götter, Droemer.	1978
Sagan, C.:	Unser Kosmos, Droemer Knaur.	1982
Schmidt, R.:	Biomaschine Mensch, Piper.	1979
Silbernagel, S.:	Taschenatlas der Physiologie, Thieme.	1979
Stein, W.:	Daten, Herbig.	1986
Steinbach, G.:	Das Schöpfungskarussell, Meyster V.	1979
Steinbuch, K.:	Automat und Mensch, Springer.	1971
Vogel, G. u. a.:	dtv-Atlas zur Biologie.	1971
Watson, J. D.:	Die Doppelhelix.	
Wikipedia	Mitochondrien Vererbung	2016